Deportes extremos

skate board

ALLAN MOREY

BLACK RABBIT BOOKS

Bolt es una publicación de Black Rabbit Books
P.O. Box 227, Mankato, Minnesota, 56002
www.blackrabbitbooks.com

Alissa Thielges, editora; Michael Sellner, diseñador del interior y investigación fotográfica

Información del catálogo de publicaciones de la biblioteca del congreso
Names: Morey, Allan, author.
Title: Skateboard / Allan Morey.
Other titles: Skateboarding. Spanish
Description: Mankato, Minnesota: Black Rabbit Books, 2024. | Series: Deportes extremos | Includes index. | Audience: Ages 8-12 | Audience: Grades 4-6
Identifiers: LCCN 2023016156 (print) | LCCN 2023016157 (ebook) | ISBN 9781623109455 (library binding) | ISBN 9781623109530 (ebook)
Subjects: LCSH: Skateboarding—Juvenile literature.
Classification: LCC GV859.8 .M6818 2024 (print) | LCC GV859.8 (ebook) | DDC 796.22—dc23/eng/20230410
LC record available at https://lccn.loc.gov/2023016156
LC ebook record available at https://lccn.loc.gov/2023016157

Impreso en China

Image Credits

Alamy: Aflo Co. Ltd. 21, Dynamicfoto 9 (b), dzmat.ph 8, evan Hurd 24 (Brown), G Scammell 15, urbanbuzz 1; Dreamstime: Mark Vorobev 7, Yuliya Pauliukevich 16–17 (ramps); Getty: Christopher Polk 25 (Burnquist), Francois Nel cover, Jeff Gross 4–5, 6, picture alliance 22 (b), RJ Sangosti 26–27, Xinhua News Agency 22 (t); Lance Group (Way); iStock: lzf 9 (t), skodonnell 12–13; Lush Longboards 24–25 (Connelly); Shutterstock: DenisNata 19 (t), focuslight 19 (bm), Garna Zarina 18 (l), 19 (bl), Nebojsa S 16 (dark blue), OSTILL is Franck Camhi 31, PavelStoker 16 (pink), 17 (orange, yellow), shurkin_son 14, 16 (light blue), 17 (purple), Smile19 3, 32; XGAMES 25 (Bufoni), 28

Contenidos

CAPÍTULO 1

Dejarse caer

Una patinadora se sube a su patineta. Se inclina hacia delante y desciende por el **medio tubo**. Baja a velocidad por un lado y sube por el otro. Apoya la nariz de la tabla y vuelve a descender.

Cruza el medio tubo, de ida y de vuelta. Una vez hace un **kickturn**. Otra vez hace un **fakie**. Aumenta la velocidad para lograr un truco extremo.

Surcar el aire

En la siguiente subida, vuela por los aires. Sujeta la tabla y hace un giro frontside **360**. Luego desciende y sube por el aire en el otro extremo del medio tubo. *Clac.* ¡El último truco sale perfecto!

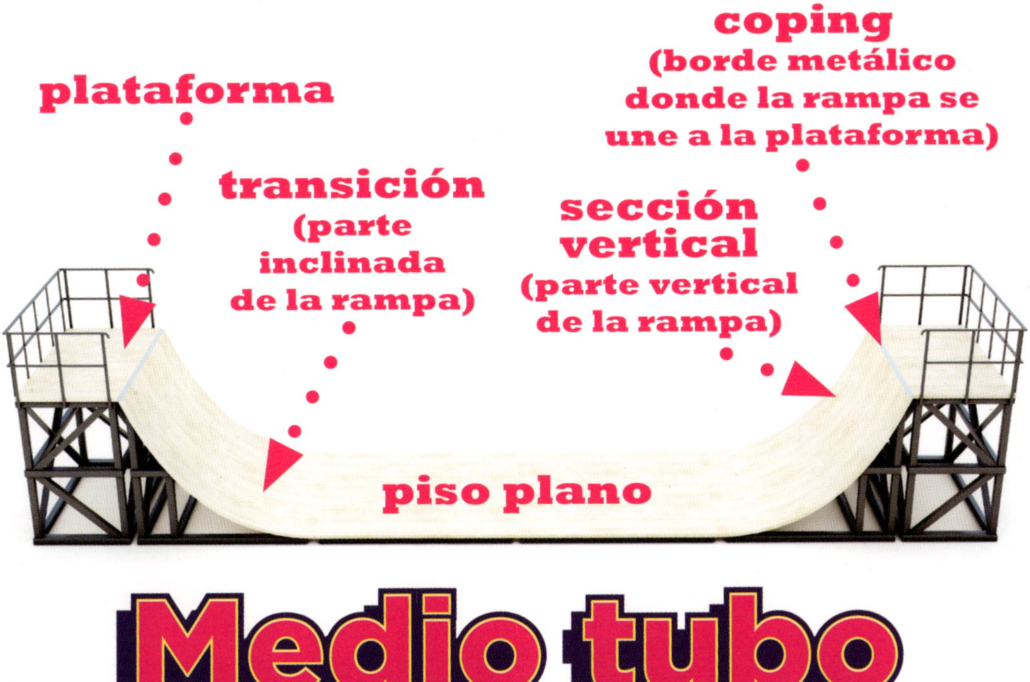

CAPÍTULO 2

El deporte del Skateboard

El skateboard es más que solo subirse a una patineta. Hay diferentes estilos y tipos de patinetas. Las double kick y las longboards son las más comunes. Se usan para los trucos más extremos. Las longboards son perfectas para **bombear** cuesta abajo.

Tipos de patinetas

double kick
tabla corta con extremos curvos y ruedas pequeñas y duras; la mejor para trucos

cruiser
tabla ancha con la cola curvada hacia arriba y ruedas grandes y suaves; buena para tramos largos de "paseo"

• • • **longboard**
tabla larga y plana con ruedas grandes y suaves; es la patineta más rápida

PARTES DE LA PATINETA

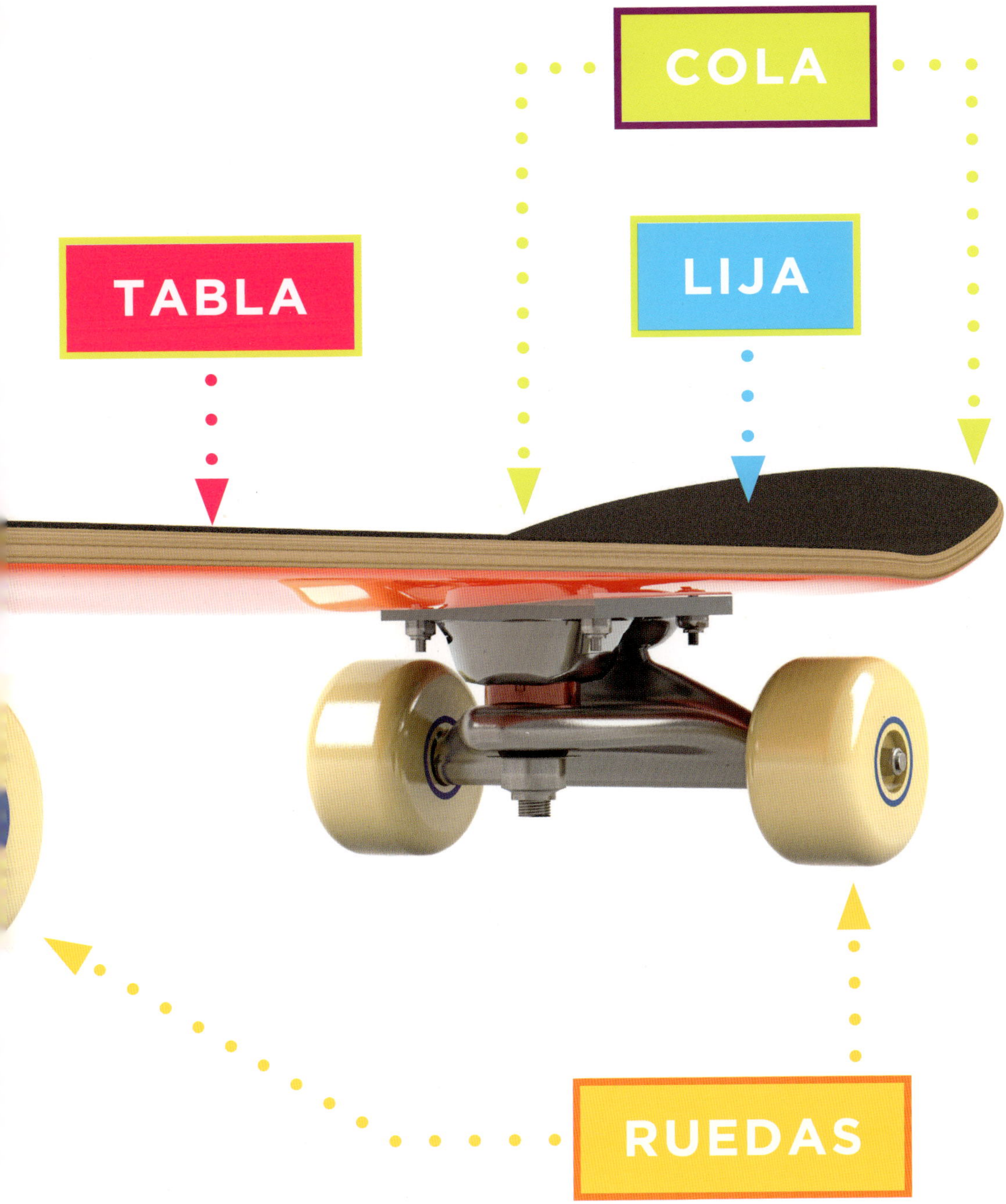
COLA
TABLA
LIJA
RUEDAS

¿Por qué el skateboard?

Los patinadores suelen lucir sus trucos. Los principiantes tratan de hacer un ollie. En este truco básico, la tabla se levanta en el aire. Es la base para trucos más avanzados. Luego los patinadores tratan de hacer kickflips o grinds sobre **obstáculos**.

Los patinadores avanzados pueden ponerse a prueba en el medio tubo. Aquí es donde suceden los trucos más extremos. Los patinadores suben a toda velocidad por la rampa. Hacen giros y vueltas mientras surcan por los aires.

Cómo hacer un ollie

¿Dónde hacer skateboard?

Los patinadores usan los objetos urbanos que hay en la ciudad. Hacen grinds por los bordillos. Hacen un ollie sobre las escaleras. Pero los parques de skateboard son los mejores lugares. Tienen muchos obstáculos juntos en un solo espacio. Algunos parques tienen un bowl donde los patinadores hacen sus acrobacias. Patinan por las paredes. Puede haber un área separada con rampas más grandes.

La jerga del skateboard

goofy
impulsarse con el pie izquierdo

wipe out
caerse durante un truco

sketchy
un truco mal hecho

regular
impulsarse con el pie derecho

raspones
también conocido como abrasión; rasguños por caer en el pavimento

ELEMENTOS DE UN PARQUE DE SKATEBOARD

medio tubo
bank
barandilla

Preparándose

Además de la patineta, los patinadores necesitan equipo de protección. Las caídas pueden ser dolorosas. Un error podría provocar raspones, torceduras o incluso fracturas. Los patinadores usan cascos y protectores. También usan zapatos planos especiales que se sujetan a la tabla.

Equipo de seguridad

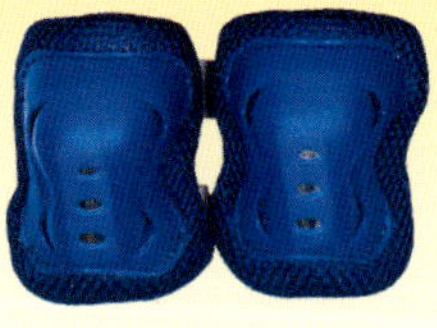

coderas

casco

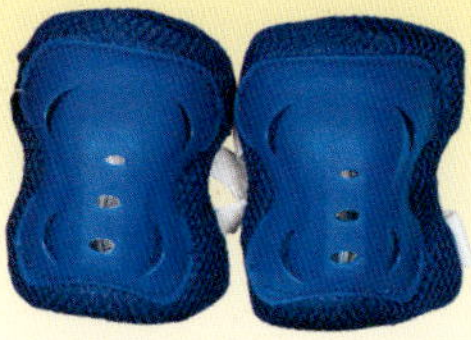

rodilleras

zapatos para patineta

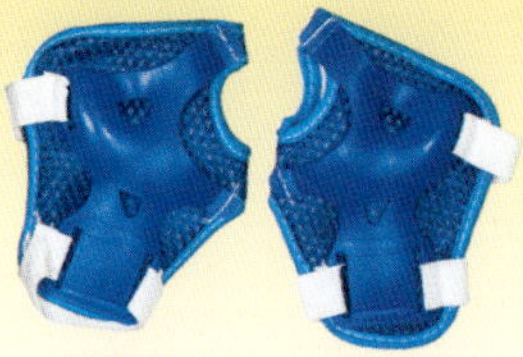

muñequeras

CAPÍTULO 4

Competencias

Los X Games empezaron en 1995. Este evento ayudó a popularizar el deporte. Las pruebas incluyen patinar en vertical. Los patinadores hacen varias pasadas sobre este medio tubo alto. Hacen grabs, giros y volteretas. Los jueces califican los trucos. ¡Gana el puntaje más alto!

Competencia de park

Competencia de street

Un deporte olímpico

En 2021, el skateboard entró a los Juegos Olímpicos. Hay dos pruebas para hombres y para mujeres. En la competencia de park, los patinadores hacen trucos en un parque de skateboard. Patinan en bowls y surcan por los aires en cuartos de tubo. Para la competencia de street, los patinadores hacen trucos sobre obstáculos urbanos. Bajan volando por las barandillas y saltan escaleras.

Registros del skateboard

1260 grados
el viraje más largo hasta la fecha; realizado por primera vez por **Mitchie Brusco**

10 años
la edad del patinador más joven en convertirse en profesional, logrado por **Sky Brown**

25,5 pies
(7,8 metros)
mayor altura en el aire, establecido por Danny Way

91 millas
(146 kilómetros)
por hora
descenso más veloz logrado por Pete Connelly

30 Bob Burnquist

Mayor cantidad de medallas en los X Games

12 Letícia Bufoni

Carreras cuesta abajo

Las carreras cuesta abajo son terriblemente veloces. Los patinadores fácilmente superan velocidades de 50 millas (80 km) por hora en las partes rectas. Voltean sus patinetas de lado para bajar la velocidad en las esquinas. ¡Gana el primero en llegar a la base!

Las caídas pueden ser duras a estas velocidades. Los patinadores usan protectores de cadera. Usan guantes de deslizamiento para mantener el equilibrio.

GAMES
DAGGER SKATEBOARDS
GAMES

Big air

Los eventos de big air empujan los límites de lo que pueden hacer los patinadores. Los competidores bajan a gran velocidad por una enorme rampa que puede ser tan larga como un campo de fútbol. Se lanzan por los aires a alturas de hasta 50 pies (15 m). Realizan trucos extravagantes con muchos giros y vueltas. Luego tratan de lograr un aterrizaje limpio.

Desde las competencias de velocidad hasta las de big air, el skateboard tiene muchas emociones fuertes y muchos riesgos. Los profesionales siempre están esforzándose para ver qué truco extremo pueden lograr a continuación.

360: un giro que describe un círculo completo

bombear: bajar patinando por una gran pendiente a gran velocidad

fakie: patinar hacia atrás

kickturn: equilibrar una patineta sobre sus ruedas traseras y voltear el frente de la tabla en otra dirección

medio tubo: una rampa o pista con lados altos y en forma de U que se usa para proporcionar un despegue para un salto

obstáculo: objeto a esquivar o saltar

ÍNDICE